Für Janne

Reimund Freye

Shari

Geschichte einer kleinen Katze

mit Bildern

von Margrit Heinecke

Bibliografische Information der Deutschen Nationalbibliothek
Die Deutsche Nationalbibliothek verzeichnet diese Publikation in der Deutschen
Nationalbibliografie; detaillierte bibliografische Daten sind im Internet über
http://dnb-d-nb.de abrufbar.

© 2008 Reimund Freye
Herstellung und Verlag: Books on Demand GmbH, Norderstedt
ISBN 978-3-8334-8955-6

Vorwort

Eigentlich wollte ich schon immer eine Katze haben. Doch dann musste ich erst 40 Jahre alt werden, bis es endlich klappte. Als wir Patches bekamen, war er ein fast weißes Jungkätzchen mit kleinen beigen Tupfern auf Stirn und Nase. Heute ist er längst ein gestandener Kater mit üppigem hell- und dunkelbraunen Fell sowie schwärzlicher Gesichtsmaske und Ohren, ein typischer Ragdoll halt.

Wir waren damals zu dritt: Meine Frau Janne, unsere Tochter Esther und ich. Schließlich sollte der kleine Kater möglichst wenig allein sein. Denn ihm steht nach wie vor nur die Wohnung und der Hof als sein Territorium zur Verfügung. Auslauf auf den Hof gibt's allerdings nur, wenn wir selbst in der Wohnung sind. Ansonsten ist die Gefahr, dass er auf die Straße entwischen könnte, zu groß. Da wir so ziemlich mitten in der Stadt wohnen, würde das für Patches den sicheren Tod bedeuten.

Es gingen einige Jahre ins Land, bis irgendwann die Frage aufkam, ob es denn nicht schön wäre, wenn Patches, oder Patchie, wie er meistens genannt wird, eine Gefährtin bekäme.

„Ich habe da eine Anzeige gelesen über eine süße Norwegische Waldkatze", sagte unsere Tochter. Sie war eindeutige Fürsprecherin der Katzenvermehrung. „Ich könnte ja mal hinfahren und sie mir anschauen ... nur mal anschauen." Ich war prinzipiell skeptisch. Doch ich wusste, dies bedeutete mit Sicherheit eine zweite Katze im Haus. Aber naja, was soll's. Hat man erstmal eine Katze, macht die zweite auch nicht mehr den großen Unterschied – oder?

Und so musste sich Patches wenig später unser Zuhause mit Shari teilen. Sie hatte einen ganz anderen Charakter als der eher bedächtige Kater. Immer zuversichtlich und ohne Furcht nahm sie es mit dem Leben auf. Dabei dauerte gerade ihres nicht lange. Shari steht daher ganz im Mittelpunkt der kleinen Geschichte, die ich hier erzählen möchte.

As unsere Tochter mit Shari ankam und sie zum ersten Mal unsere Türschwelle überschritt, machte sie einen völlig verwahrlosten Eindruck. Es schien sich nicht so sehr um eine Norwegische Waldkatze als vielmehr um einen Finnischen Sumpfotter zu handeln.

„Igitt. Wie die stinkt. Die muss ja erstmal gewaschen werden."

„Setz sie doch mal aufs Klo."

„Sie hat im Auto einfach losgepinkelt."

„Ja, dann setze sie doch erstmal aufs Klo."

Was da auf mich zugewatschelt kam, war irgendwie niedlich, aber ungeheuer schmuddelig. Es war dunkelbraun, gerade mal acht Wochen alt und wog so um die 800 Gramm. Ihr Schwanz troff vor Nässe. Und das lag nicht am Regen, der draußen gerade reichlich vom Himmel fiel. Außerdem waren die Haare verfilzt. Dass sie nicht gut roch, tat ihrem Selbstbewußtsein aber keinen Abbruch.

Das muss doch so sein!

Patches schaute verwirrt und rümpfte die Nase:

Was ist das denn?

„Patchie, darf ich vorstellen, deine Freundin", sagte Janne.

Shari, das neue kleine Kätzchen, wackelte auch gleich auf den großen Kater zu. Guten Tag muss man schließlich sagen.

Doch Patches zeigte sich überaus reserviert.

Puuuhhh, wie die stinkt. Hau bloß ab.

Er öffnete das Maul und fauchte.

Na gut, dann erstmal aufs Klo.

Eine helfende Hand wies ihr den Weg zu den kätzischen sanitären Örtlichkeiten, die nach einer Schnüffelprobe für gut befunden wurden. Dann wechselte der Schauplatz der Ereignisse – sehr zu ihrem Missvergnügen – in die menschlichen sanitären Einrichtungen. Hier warteten grässliche Folterinstrumente wie Dusche und Waschlappen auf sie.

„Halt sie fest. Da hilft dir kein Jammern und kein Maunzen, Shari." Trotzdem gab es natürlich heftigen Protest gegen die Waschung und ich hörte zum erstenmal ihre Stimme. Es war eigentlich mehr ein Stimmchen. Und was das geöffnete kleine Maul von sich gab, klang wie das leise Knarren einer ungeölten Tür.

„Määhhh."

„Puuuhhh, nimm sie weg", sagte ich.

Mir war das kleine Ding einfach zu sehr Schmuddel hoch drei. Esther hatte die kleine Katze irgendwo im benachbarten Elsass gekauft. Es schien sich dabei nicht um die allererste Katzenadresse zu handeln.

Noch geraume Zeit danach hielt sich meine Begeisterung über die Neukatze in Grenzen. Und das lag nicht nur an ihrer bedenklichen äußeren Erscheinung. Ich wusste noch zu gut, was Patchie alles mit unserer Wohnungseinrichtung angestellt hatte — früher, als er noch ganz jung war und ihn der jugendliche Leichtsinn ritt.

„Patchie, lass den Sessel in Ruhe. Der ist aus dünnem Leder", rief Janne voller Entsetzen.

Reine Übungssache.

Und schon zeigte er dem Designerstück, was eine Harke ist. Krallen sind überhaupt vielseitig verwendbar. Zum Beispiel konnte man mit ihnen auch testen, ob die Rauhfaser-Tapeten wirklich etwas taugten.

„Nicht die Gardinen, Patchie, bitte," schrie meine Frau. Doch da war der Kater schon mit seiner Arbeit fertig und wandte sich zufrieden ab.

Damals wurden exakte Pläne ausgearbeitet, wie die Wohnung katzensicher gemacht werden konnte. Das hieß, dass sie sicher sein musste für die Katze und vor allem — vor der Katze. Ein aufgekipptes Fenster stellte für unseren Kater eine Gefahr dar, weil er eventuell raus möchte und mit dem Kopf im Fensterspalt hängen bleibt. Ein Blumentopf vor dem Fenster stellte für Patches keine Gefahr dar — wohl aber für den Blumentopf und den Teppich davor.

Ein lautes Geräusch schreckte mich auf. Ich rannte in das Wohnzimmer, aus dem der Lärm gekommen war.

„Patchie!" rief ich entsetzt. Aber natürlich war es zu spät. Patchie schaute nach unten auf die Scherben, die Blumenerde und das entwurzelte Grünzeug.

Komische Dinger, diese Blumentöpfe. Erst wollen sie fliegen und dann machen sie nur Radau.

Die ganze Situation hat sich dann irgendwie beruhigt. Nicht nur, dass Patchie älter wurde – und vernünftiger. Ein gut Teil war Gewöhnungssache: Ab einem bestimmten Grad der Verwüstung fällt es nicht mehr auf, wenn's noch ein bisschen wüster wird. Und so schien Patchie die Lust daran verloren zu haben, einem völlig zerschlitzten Sessel weiterhin Manieren beizubringen. Ein völlig neuer Sessel hätte da natürlich wieder eine ganz andere Herausforderung dargestellt …

Aber nun war sie da: Patches' Gefährtin Shari. Ich hatte viele lustige Dinge über zwei Katzen gehört. Zum Beispiel, dass sie morgens um vier gerne Kriegen spielen. Eine Katze jagt die andere. Die menschlichen Mitbewohner bekommen dies dadurch mit, dass sie blitzschnelle Katzenpfoten im Gesicht verspüren. Das ist nicht weiter schlimm, weil die Krallen beim Spurt eingezogen sind. Trotzdem kann so etwas zu anhaltender Schlaflosigkeit führen.

Shari war da aber Gottseidank ganz anders. Sie spielte nachts nicht jagen, sondern Murmeln. Eine große Plastikkugel bekam einen Schubs und rollte dann sacht über das Parkett. Was ich nicht wusste: Wie laut eine Plastikkugel sein kann, die nachts sacht über das Parkett rollt. Es ist wie Donnergrollen. Nicht ganz so laut, aber dem Geräuschprofil nach sehr ähnlich.

Aber ich greife vor. Da die kleine Shari aus einem Hause kam, dass offenbar nicht gerade für den Hygienepreis erster Klasse in Frage kam, ließen die Hiobsbotschaften nicht lange auf sich warten.

„Sie hat Flöhe!"

„Sie hat Läuse!"

„Ist das normal, dass ihre Ohren innen so schwarz sind?"

„Milben", sagte die Tierärztin. „Ihr Kater hat die wahrscheinlich jetzt auch."

Shari war offenbar so eine Art Arche Noah für Kleingetier.

Läuse sind das Wenigste. Sie bekommt man dadurch in den Griff, dass man die Katze einpudert. Irgendwann geht den Läusen schlicht die Luft aus und die Sache ist erledigt, die Läuse übrigens auch.

Katzenflöhe sind da ein ganz anderes Kaliber. Sie bevorzugen als Wohnort zwar die Katze; schließlich spendet sie ihnen Nahrung, nämlich Blut. Aber es halten sich nicht alle zur gleichen Zeit auf der Katze auf. Ob es da so etwas wie Saugschichten gibt? Keine Ahnung. Jedenfalls verbringt eine ganze Reihe der Quälgeister ihre Freizeit außerhalb der Katze auf Teppichböden, in Plüschsesseln oder anderen flauschigen Plätzen.

Die Katze selber kann man recht problemlos von den Flöhen befreien. Die fallen dann tot in den Teppich. Aber da wartet schon der nächste Trupp von Blutsaugern und macht es sich wieder auf der Katze gemütlich. Die einzige Möglichkeit ist eine Radikalkur für die ganze Wohnung.

„Am besten, sie verbrennen alle Sachen", sagte die Tierärztin.

„Gibt es dazu eine Alternative?" fragte ich.

„Ja. Sie verlassen die Wohnung und zünden eine Bombe."

Man muss nur lange genug nachfragen, um eine vernünftige Antwort zu bekommen. Leider klappt das nicht immer. Ich schaute offenbar etwas verständnislos aus der Wäsche. Die Tierärztin klärte mich auf.

„Das ist eine chemische Keule, aber so giftig, dass Sie sich nicht in der Wohnung aufhalten dürfen.

„Aha," erwiderte ich.

Nach dieser Radikalkur muss die ganze Wäsche grundgereinigt werden. Janne war begeistert. Denn damit waren außer der ganzen Kleidung alle Textilien gemeint, die in einer Wohnung so zu finden sind: Gardinen, Kissen, Teppiche, Sitzpolster … Immer mussten wir bei der Reinigungsprozedur darauf achten, dass sich nicht zwei, drei Flöhe dezent auf eine Katze zurückzogen. Ja, und uns selbst durften wir ebenfalls nicht vergessen. In der Not nehmen Katzenflöhe jeden Wirt in Kauf und ernähren sich auch schon mal von Menschenblut. Endlich hatten wir es geschafft. Die Flohinvasion war beendet. Nun konnten wir uns in aller Ruhe auf die Milben konzentrieren.

Die sind zum Glück nicht sonderlich mobil. Sie liegen mehr so träge in Katzenohren herum und denken gar nicht daran, einen Fuß vor die Tür zu setzen. Folgerichtig werden sie in ihrem Wohnzimmer bekämpft. Eine relativ einfache Sache im Vergleich mit den Flöhen – jedenfalls sofern die Katze nichts dagegen hat.

„Halt still und mach nicht solche Sperenzien, Patches". Der Kater hatte den Trick raus. Das musste man ihm lassen. Kam die Tube mit der Creme seinem großen Katzenohr näher, setzte er den Abwehrmechanismus in Gang. Katzen können ihre Ohren in alle Richtungen drehen – auch unabhängig voneinander. Damit können sie Geräusche orten, aber auch ihre Gemütslage ausdrücken. Sind die Lauscher nach hinten am Kopf angelegt, bedeutet dies Angriffslust. Nach vorne gerichtet und aufrecht gestellt signalisieren sie Aufmerksamkeit und eventuell Sympathie. Möchte man die Milben in den geräumigen Empfangsschüsseln bekämpfen, können sie die Ohren blitzschnell ganz nach unten klappen. Das bedeutet dann:

Hau ab mit deiner verfluchten Cremetube.

*Z*u dieser Zeit hatten sich die beiden Katzen, Patches und Shari, schon gut miteinander angefreundet. Wenn wir abends ‚die Katzen quälten', so nannten wir die Tabletten- und Salben-Prozedur, konnte es leicht passieren, dass sich etwa Shari lauthals beschwerte. Dann kam sofort Patches herbeigeeilt, um zu sehen, ob alles in Ordnung sei. Manchmal heulte er aus lauter Solidarität mit. Am Anfang aber konnte von Freundschaft zwischen den beiden nicht im geringsten die Rede sein.

Vom Begrüßungszeremoniell durch Patches, dem bislang ersten und einzigen Kater von und zu Freye, hatte ich ja schon berichtet. Und leider ließ sich keine schnelle Besserung der Stimmungslage verzeichnen.

So bekam die kleine Kätzin auch nach einigen Tagen noch immer genauso viel Gefauche zu hören wie am ersten Tag. Doch sie legte ein unerschrockenes Naturell an den Tag. Shari tapste auf Patchie zu – und der große Kater wich zurück, fauchend zwar, aber er wich zurück. Shari hielt dies wohl in ihrer kindlichen Unschuld für ein lustiges Spiel und trippelte hinterher. Der Kater konnte sich nur mit einem Sprung in luftige Höhen, etwa auf den Schreibtisch, in Sicherheit bringen.

Uff, geschafft. Was ist das bloß für ein komisches Ding? Und so aufdringlich!
Da Patchie kein freilaufender Kater ist, war der Kontakt mit anderen Katzen also auf seine frühesten Kindheitstage beschränkt. Nun war er vier Jahre alt und er hatte zwar gute Kumpel, aber die liefen auf zwei Beinen und sind viel größer als er. Die kleine Draufgängerin konnte ihm daher nicht ganz geheuer sein.

Bieten lassen wollte er sich das auf Dauer jedoch nicht. Also entwickelte er eine Tag-Nacht-Strategie. Tagsüber mimte er den gejagten Kater, nachts drehte er den Spieß um. Kaum waren wir in jenen Tagen zu Bett gegangen, hörten wir die Kleine jämmerlich quieken. Erschrocken machten wir das Licht wieder an und sahen, wie der große Kater die kleine Shari in seinen Fängen hielt. Er hatte sie in der Mitte ihres kleinen Körpers gepackt.

„Patchie nicht, sie ist doch noch so klein", rief Janne.

Doch der Kater kaute munter auf dem braunschwarzen Fellknäuel herum und

schaute zu dem sich windenden Köpfchen hinauf.

Ich werde dir schon helfen, mir solche Angst einzujagen.

„Patchie!" Der laute Ruf brachte den Kater immerhin dazu, Shari einen Moment loszulassen. Er trat zwei Schritte zurück und fixierte sie. Dann stürzte er sich mit einem Satz wieder auf sie und packte erneut zu.

Ich werd's dir schon zeigen, du 800-Gramm-Würstchen!

Dass Patches selbst zu diesem Zeitpunkt rund fünfeinhalb Kilo wog, konnte er offenbar locker mit seinem Sportsgeist vereinbaren. Nach dem Motto: Nutze die Chance, solange die Kräfteverhältnisse günstig für dich sind.

Im Moment waren sie jedenfalls zu ungünstig für Shari und wir griffen für diese Nacht ein, obwohl Katzen so etwas eigentlich unter sich ausmachen sollten. Patches wurde auf dem Bett ans Fußende von Janne drapiert und Shari bekam den Logenplatz neben ihrem Kopf. Der Körper diente als Pufferzone. Mit diesem kurzfristig ausgehandelten Friedensabkommen konnten anscheinend beide leben. Patches wusste, Frauchen würde ihn vor dem seltsamen Monster da oben beschützen, und Sharis Lieblingsplatz war, wie wir schnell herausbekamen, ohnehin direkt auf dem Kopfkissen – sozusagen auf Nasenfühlung. Die Nacht verlief ohne weitere Vorkommnisse.

Der nächste Tag zeigte das gleiche Bild: Shari wollte wieder das lustige Spielchen spielen, Patchie war verwirrt und zog sich ängstlich zurück, nicht ohne fauchend seinen Unwillen kundgetan zu haben. Aber er griff nicht an. Damit wartete er wieder bis zur Nacht.

Die gleiche Friedenskonferenz fand statt, die gleichen Territorien wurden zuge-wiesen, nur hielt der Waffenstillstand diesmal nicht. Beide waren zu unruhig. Shari sprang vom Bett, und Patches sofort hinterher. Diesem Ding durfte man schließlich nicht trauen. Eine kurze Jagd endete dem Geräusch nach offenbar im Wohnzimmer und dort ging es dann zur Sache.

„Wir müssen sie wieder trennen", sagte Janne.

„Nein, sie müssen das jetzt untereinander klären", erwiderte ich.

„Aber hör doch nur, er bringt sie um."

„Er bringt sie nicht um. Junge genießen einen besonderen Schutz in der Tierwelt."

„Danach hört sich das aber nicht an."

„Glaub mir, es gibt da so etwas wie eine Hemmung für den tödlichen Biss."

„Bist du sicher?", fragte Janne.

„Ja", antwortete ich. Ich hatte das mal bei Konrad Lorenz gelesen. Ich hoffte inständig, dass sich der gute Mann nicht geirrt hatte. Außerdem scheren sich Löwenmännchen in der afrikanischen Savanne einen Dreck um diesen ehernen Grundsatz. Wenn sie ein Rudel übernehmen, bringen sie alle Jungtiere der Reihe nach um. Doch Patchie war schließlich kein Löwenmännchen. Er war einfach ein Kater und kein Löwe. Löwen wiederum gehören zur Familie der Katzen, ebenso wie Patches, und der war ebenfalls männlich … Schließlich schliefen wir ein. Das Quieken, Maunzen und Fauchen nahmen wir mit in den Schlaf.

Am nächsten Morgen war das Wunder geschehen. Der Orkan hatte sich gelegt, die See war glatt und ruhig. Die Sonne schien und ein sagenhaft blauer Himmel mit weißen Schäfchenwolken spiegelte sich im unergründlichen Meer. War es jemals anders gewesen?

Verlässt man unser Schlafzimmer, so gelangt man zunächst in mein Arbeitszimmer. Der erste Blick, so man denn schon blicken möchte, fällt auf das Sofa gegenüber der Schlafzimmertür. Und was erblickten wir? Einen großen Kringel und einen kleinen Kringel. Vor allem: der kleine lag mitten im großen Kringel. Die nächtlichen Kontrahenten hatten sich ineinander verschlungen und schliefen tief und fest. Die Diskussion in der letzten Nacht war wohl hart und langwierig gewesen, der Friedensprozeß voller Hindernisse. Da ergab leicht eine Pfote die andere. Die Positionen waren hart und einander nicht verständlich zu machen, aber schließlich hatten sie es geschafft. Oder sie waren einfach vor Erschöpfung eingeschlafen. Jedenfalls lebte Shari noch. Ich dankte Konrad Lorenz.

Fensterputzen lohnte sich nicht mehr. Denn Shari schaute zu gern aus dem Fenster. Und es dauerte nie lange, da hörte ich sie auch schon. Sie gab ein paar entschiedene Nieser von sich. Und eine Fontäne von dem, was sie vorher in ihrem kleinem Näschen hatte, verteilte sich mehr oder minder gleichmäßig über die Fensterscheibe. Die sah danach richtig krank aus. Wenn eine Fensterscheibe krank aussehen kann. Aber krank war Shari. Mal wieder.

„Katzenschnupfen", sagte die Tierärztin. „Hört sich harmlos an, ist es aber nicht. Sie ist einfach noch zu klein und geschwächt." Also bekam die Kleine Aufbauspritzen. Dann bis nächste Woche. Katzenschnupfen ist ansteckend, aber Patchie war zum Glück dagegen geimpft.

„Du bist eine richtige kleine Seuchen-Lady", schimpfte ich, als wir wieder zu Hause waren. Sie lag wie hingegossen auf einem Stuhl, hob den Kopf und kniff die Augen zusammen. „Wie kann man nur so klein sein und schon so viele Krankheiten haben." Sie kniff erneut die Augen zusammen.

Ist er nicht süß, wenn er sich so aufregt?

„Und außerdem läuft dir schon wieder der Rotz die Nase runter."

Ich machte ein Küchentuch mit warmen Wasser feucht und wischte ihr die Nase ab. Nach anfänglichen Zucken hielt sie still und ließ die Prozedur über sich ergehen. „Beim nächsten Mal niest du einfach alles gegen die Fensterscheibe, dann ist gut."

Es war für mich nicht ganz leicht, mit der kleinen Shari ein inniges Verhältnis aufzubauen. Schließlich hatte die Kleine nicht nur eine Rotznase, sondern war offenbar das ideale Kleinbiotop für alle möglichen Arten von Lebewesen und Krankheiten.

Außerdem hatte sie, wie allerdings nicht wenige Katzen, einen Hang zu schmuddeligen Ecken. Shari hielt sich besonders gern im Keller auf. Dabei ist unser Keller mehr ein Gewölbe. Der Mörtel rieselt von Wänden und Decken. Und überall finden sich zahllose Spinnweben, die einen undurchdringlichen Gespinsterwald bilden.

Kein Hausbewohner hat es jemals gewagt, das, was die Grundmauern im innersten zusammenhält, in einem Anfall von Putzwahn zu beseitigen. Kurzum: der Keller war richtig nach Sharis Geschmack. Sicherlich, der Kater machte dort ebenfalls seine Inspektionsrunden und brachte das eine oder andere Souvenir in seinen Schnurrhaaren mit ans Tageslicht, aber Shari war einfach ein anderes Kaliber.

Der Zugang zum Keller war jedoch durch eine alte Holztür fest verschlossen. Daher war es ein festes Ritual, dass sich Patches an der Kellertür hochräkelte. Das sieht so aus, als wolle er mit seiner Pfote die Türklinke herunterdrücken. Das ist durchaus keine Katzenprahlerei, denn er kann das, wenn er richtig will – und die Tür nicht abgeschlossen ist.

So hatte er unsere Wohnungstür einige Male nachts geknackt bis ich schließlich eine Katzensicherung einbaute. Ein Brettchen lässt sich dank eines Scharniers unter die Klinke drehen; das Ganze ist mit einem kleinem Riegel gesichert. Seitdem kann Patchie die Tür nicht mehr öffnen; die meisten Besucher schaffen es ohne unsere Hilfe allerdings auch nicht mehr.

Doch zurück zur Kellertür. Da brauchte Patchie immer unsere Hilfe. Schließlich öffnete ich die Tür und rief: „Keller zur Inspektion freigegeben", woraufhin auch die kleine braune Katze nicht lange auf sich warten ließ. Shari machte jedoch niemals diesen freudig erregten Eindruck wie Patchie, der flugs die Treppe runtertänzelte. Sie trottete immer gemächlich auf die Kellertür zu.

Ich nannte es den Tigergang. Es schien bei ihr so, als wenn die Pflicht ruft. Bedächtig setzte sie eine Pfote vor die andere, die Schulterblätter schmirgeln aneinander, der Kopf ist leicht gesenkt und der Blick fixiert gleichbleibend eine Stelle auf dem Boden, die vier Katzenschritte voraus liegt. Bei soviel Last auf den Schultern der kleinen Katze konnte ich nicht umhin zu spotten: „Na Shari, wieder eine heikle Aufgabe vor dir?"

Doch sie schenkte mir in diesen schweren Augenblicken keinerlei Aufmerksamkeit.

Was weißt du schon.

Da ich nicht weit von der Nordseeküste entfernt aufgewachsen bin, habe ich gewisse Kenntnisse vom Fischfang. Deshalb drängte sich mir als Vergleich für Sharis Tätigkeit im Keller das sogenannte Schleppnetzfischen auf. Dabei wird ein beschwertes Netz über den Grund des Meeres geschleppt. Hievt man es danach aufs Fischerboot, findet sich alles darin, was man fangen wollte und natürlich auch alles, was sonst noch so auf dem Meeresgrund herumlag.

Mein Begrüßungssatz für Shari, wenn sie von ihrer Expedition in den Katakomben wieder ans Tageslicht zurückkam, lautete daher stets: „Wie siehst du denn aus?" Was sie – immer noch ganz Tigergang – völlig ignorierte.

Das gehört so.

Irgendwie ging von ihr eine stoische Ruhe aus. Als wir sie, nachdem sie einige Wochen bei uns war, zum erstenmal auf den Hof hinausführten, betrat sie ihn mit einer Gelassenheit, als wären die paar Quadratmeter Hof ihr schon seit Jahrhunderten geläufig. Kein Vergleich mit Patches. Als der einige Jahre zuvor nach wochenlangen Diskussionen, ob er auf den Hof hinaus dürfe (weil er ja von da aus flüchten könnte), zum erstenmal – angeleint – den ummauerten Hof betrat, wurde er flach wie eine Flunder und schaute sich ängstlich um. Offenbar erwartete er, dass im nächsten Moment sämtliche Hausgeister, Riesenhunde und Katzenmonster über ihn herfallen würden. Und woher sollte er wissen, ob der Himmel da oben bleiben würde.

Für Shari war das alles selbstverständlich; sie schritt den Hof regelrecht ab. Für sie war er keine Quelle von Gefahren, sondern sie fragte sich, was er ihr zu bieten hatte. So unterschiedlich können Lebenseinstellungen sein – auch bei Katzen. Und schließlich war sie noch so klein, was sollte ihr schon groß passieren? Das heißt natürlich nicht, dass es ihr an Lebendigkeit fehlte. Vielmehr hüpfte sie so wild durch die Gegend und vollführte derart hohe Sprünge, dass ein Nachbar sie nur „das Eichhörnchen" nannte. Den buschigen Schwanz hatte sie ja und die braune Farbe ebenfalls, wenn auch ohne Stich ins rötliche. Aber wenn jemand den Hof durchquerte, immerhin haben wir noch ein Seiten- und ein Hinterhaus, machte sie lediglich den klugen kleinen Schritt ins Verborgene, wo Patchie bereits zum großen Katzensprint ansetzte.

Katzen sind in dieser Beziehung erstaunliche Tiere: Sie erreichen nahezu aus dem Stand 50 Stundenkilometer und sind damit in ihrer Gewichtsklasse unerreicht. Ich denke mal, dass Patches in akuten Notsituationen sogar noch ein paar Briketts drauflegt. Das wäre typisch. Denn für protziges Heldentum hat er nichts als Verachtung übrig.

Ich habe Shari später beobachtet, wie sie völlig bewegungslos auf dem Hof saß, den Blick starr auf den leeren Himmel gerichtet. Ich wunderte mich, ging zu ihr hin und folgte ihrem Blick. Dann konnte ich ihn sehen, den kleinen schwarzen Punkt, der am Himmel kreiste. Anscheinend handelte es sich um einen Raubvogel auf der Suche nach Beute. Shari, die damals gerade anderthalb Kilogramm wog, kam es wohl gar nicht in den Sinn, dass sie für den Vogel vielleicht als Beute in Betracht kam. Sie behielt den kreisenden Segelflieger genau im Auge. In welche Richtung sich ihre Träume in diesem Moment bewegten, wusste ich natürlich nicht. Mich nahm sie jedenfalls überhaupt nicht wahr, obwohl ich direkt neben ihr stand.

So verging die Zeit zwischen Aufbauspritzen, Hoferoberungen, ornithologischen Betrachtungen und Kellerinspektionen. Shari und ich hatten nicht nur Frieden miteinander geschlossen, sondern wir waren dicke Freunde geworden.

Immer wenn sie vom Hof reinkam, ging ich auf sie zu, schlug völlig erstaunt die Hände zusammen und sagte: „Ja, was haben wir denn da? Das sieht ja aus wie ein kleines Kätzchen!"

Woraufhin Shari auf mich zugewackelt kam und ihrerseits zur Begrüßung ein „Määäähhh" hören ließ, wobei ich den Laut mehr erahnte, weil ich sah, wie sie ihr rosa Mäulchen in dem braunen Gesicht aufriss. Danach blieben wir dann kurz andächtig voreinander stehen. Ich legte die vor lauter Verzückung immer noch zusammen geschlagenen Hände an die Wange und sah auf das braune Fellbündel hinunter. Sie sah erwartungsvoll herauf.

Na, was hast du denn so für mich?

Mir blieb natürlich keine andere Wahl, als mich herab zu beugen und sie zumindest hinter den Ohren zu kraulen.

Pflichtschuldigst schloss sie genussvoll die Augen und gab mir das Gefühl, das ich dies besonders gut machte.

Irgendwann war es aber genug mit der Zurschaustellung von Gefühlen. Dann fielen ihr die wirklich wichtigen Dinge im Leben ein. Sie lief zu den Futternäpfen, um zu bedeuten, dass ich etwas noch viel besser machen könnte. Dort angelangt kam sofort der auffordernde Blick.

Na? Mach schon.

Spätestens seit dem Katzenbuch von Ferenci wissen wir natürlich, dass wir in der Katzensprache nur als Dosenöffner bezeichnet werden. Und so kam ich denn meiner Funktion nach.

Wer glaubt, dass jede Katze alles frisst, hat sich schwer getäuscht. Zwar fressen zum Beispiel Katzen in Spanien wirklich alles. Im Urlaub haben wir ihnen, neben vielen anderen Sachen, auch mal Fischabfälle hingeworfen, die nicht verschmäht wurden. Wenn ich dagegen an Patchie denke, so rümpft er sogar bei Lachs die Nase.

Toter Fisch? Wollt ihr mich vergiften?

Shari hingegen machte erst eine Entwicklung zum Feinschmecker durch. Zu Anfang, als sie aus ihrem verlausten früheren Zuhause kam, war sie noch völlig wahllos, was das Essen anging. Sie stürzte sich auf jedes Futter. Das konnte Trockennahrung sein oder das von uns, im Unterschied dazu, so genannte Matschfutter. Man hörte einfach wie es ihr schmeckte. Erst als sie merkte, dass immer genug Nahrung da war, wurde sie wählerischer. Sie registrierte: Das eine schmeckt einfach besser als das andere.

Da sie aber ein cleveres Mädchen war, wusste sie bald, wie sie den Dosenöffner manipulieren konnte. Nicht Fressen bedeutete: neue Dose öffnen. Aber letztlich war sie sogar noch ein bisschen schlauer. Sie konnte den ganzen Prozess beschleunigen, indem sie am Fressen roch und gleich danach kundtat, dass dieses Mahl nicht mit ihrem verfeinertem Geschmack konvenierte.

Das lief dann so ab: Sie roch am Fressen, drehte sich ein wenig nach rechts und kratzte dann mit der linken Pfote auf dem gefliesten Fußboden der Küche, so dass imaginäre Erdklumpen in Richtung Fressnapf flogen. Damit brachte sie unmissverständlich zum Ausdruck:

Den Mist kannst du begraben.

Natürlich eilte ich dann sofort herbei, um Madame etwas Genehmeres zu bringen. Und da sage nochmal jemand, dass Katzenerziehung nicht funktioniert.

D a ich zu Hause arbeite, steht dort auch mein Arbeitsgerät, der Computer. Ich sitze den lieben langen Tag davor, wenn ich nicht gerade Katzen füttern, suchen oder sonstwie versorgen muss. Dies hat schon immer zu gewissen Eifersüchteleien geführt. Patches postiert sich gerne zwischen der Tastatur und meinem Gesicht. Mit leicht gesenkten Lidern und verträumten Katzenaugen schaute er mich dann an.

Na, langweilst du dich auch? ... Dann kannst du mich ja kraulen.

Ich pflege dann immer zu antworten: „Patchie, ich liebe dich von ganzen Herzen und würde dich auch gerne kraulen, aber ich muss jetzt leider arbeiten." Mit dieser Bemerkung schiebe ich ihn sanft zur Seite. Aber er rutscht wie von selbst wieder zurück. Wieder dieser verschlafene Blick.

Ich weiß, dass du dich langweilst … Kraul mich!

Ich muss dann etwas energischer werden. „Patches, lass mich endlich in Ruhe arbeiten. Ich kraul dich später."

Doch Katzen sind ausdauernd, hartnäckig, ja, man könnte sie fast als stur bezeichnen. Als letztes Mittel setzt Patches dann immer sein Bittstellerpfötchen ein. Das kann er gut, damit ist er fast unwiderstehlich. Er legt dazu den Kopf schief und tastet mit der Pfote vor meinem Gesicht in der Luft herum.

Nun mach schon!

Meistens kriegt er dann seine Streicheleinheiten und wird kurze Zeit später energisch auf den Boden gesetzt. Wenn er sich dann trollt, was nicht immer der Fall ist, dann ist mir manchmal, als hörte ich so ein Gebrummel.

Ein gammeliger Service ist das hier.

Patches wusste sich jedoch zu rächen. Als ich einmal von einem bestimmten Örtchen zurückkam, saß er wieder da. Aber nicht vor der Tastatur, sondern darauf. Am seltsamen Zucken des Bildschirms sah ich, dass irgendwas in Gange war und schaute deshalb Patchie ganz entsetzt an. War die Arbeit eines ganzes Vormittags im Eimer?

„Patchie", sagte ich drohend.

Patchie blinzelte unschuldig zurück.

Iss was?

In solchen Momenten glaube ich in seinem Gesicht ein leichtes Grinsen zu sehen, aber das ist natürlich Einbildung, weil Katzen gar nicht grinsen können. Sagt man.

„Patchie, sofort runter da!" Sicherheitshalber, weil er nicht immer aufs Wort hört, entfernte ich ihn selber von der Tastatur. Der Bildschirm hörte auf zu zucken. Es waren nur noch Absatzzeichen zu sehen.

„Mein Gott, wie lange hast du schon auf der Return-Taste gesessen?"

Ich schaute den Kater wütend an. Er schaute zurück und bekam dann einen leichten Hustenanfall. Er hatte ein Dreiseiten-Dokument in einen Wälzer von fast vierhundert Seiten verwandelt.

Shari war auch in dieser Beziehung immer viel raffinierter. Sie hatte sich den leeren Raum zwischen Tastatur und Monitor als Ruheplätzchen auserkoren, wogegen ich nichts hatte. Dort konnte sie sich ordentlich lang machen. Wenn sie wach wurde, fixierte sie mich und schlug ein paarmal sanft die Lider nieder. In irgendeinem Buch über Katzenverhalten habe ich mal gelesen, dass dieses Zukneifen der Augen das Lächeln einer Katze ist. Ich kann dies nur bestätigen. Besonders die Weibchen setzen dieses Sprachmittel hervorragend ein. Kater können das auch, doch bei ihnen wirkt es kumpelhafter.

Ich habe mir dann angewöhnt, auf die gleiche Weise zu antworten. Was soviel heißen sollte wie: Ich mag dich auch sehr.

Wenn Shari direkt vor mir lag, unterstrich ich mein Augenzwinkern noch damit, dass ich sie zwischen den Ohren kraulte und ihr zuflüsterte: „Ja, du bist ja meine kleine Mutzelmaus." Dann arbeitete ich zufrieden weiter.

Zuweilen reichte ihr das aber nicht. Shari wurde etwas zudringlicher. Sie postierte ihre Vorderpfoten über Kreuz auf die Oberkante der Tastatur, dort wo die Softkeys sind. Das linke lag auf F4, das rechte auf F6. Auf die Pfoten legte sie ihr Köpfchen und schaute zu mir auf. Ihre Lider fingen an zu klimpern. Ich bemerkte, dass meine eigenen Lider ebenfalls in einen solchen Rhythmus verfielen. Schließlich riss ich mich los und sagte: „Shari, da kannst du flirten, dass sich die Balken biegen, ich muss jetzt trotzdem weiter arbeiten." Sie schien das nicht sonderlich zu interessieren. Aber immerhin hatte das Klimpern sie ermüdet und so schlief sie schließlich auf F4 bis F6 wieder ein.

Auch Shari suchte – auf dem Schreibtisch stehend – zuweilen den direkten Gesichtskontakt, besonders wenn sie hungrig war. Sie stand dann vor mir und blies mir ihr „Määähhh" ins Gesicht. Seit diesen Erfahrungen habe ich stets

die Ansicht vertreten, dass Großkatzen wie Tiger, die manchmal zu Menschen-fressern werden, eigentlich nicht darauf angewiesen sind, die Menschen mit ihrer Pranke zu erledigen oder sie totzubeißen. Nein, es würde reichen, wenn sie ihre Opfer ordentlich anhauchen.

Und so stand die kleine braune Katze zuweilen vor mir auf dem Schreibtisch, machte „Määähhh".

Und ich machte „Bääähhh".

Ich blickte ihr in die Augen und sagte: „Fisch, stimmt's, du hast Fisch gegessen. Möchtest du noch welchen?" Wieder riss sie ihr kleines Mäulchen direkt vor meinem Gesicht auf und machte „Määähhh". Ich stand dann sofort auf und ging in die Küche, in die sie mir folgte.

„Deine Argumente sind umwerfend", maulte ich vor mich hin, während ich ihr den Futternapf erneut füllte, damit der Mundgeruch nicht abriss.

Katzen haben aber zuweilen nicht nur vorne eine deutliche Ausdünstung. Shari war nach wie vor unsere Schmuddel-Lady und machte ihrem Kosenamen immer alle Ehre. Sicherlich sind Katzen in der Regel ziemlich reinlich. Dabei sind sie nicht von Haus aus neurotische Sauberkeitsfanatiker. Vielmehr ist die Fellpflege ein wichtiger Witterungsschutz. Aber so passen sie, ohne dass sie es wissen oder wollen, recht gut in unsere hygienebewusste Zeit.

Als Shari zu uns kam, war sie ein abgerissenes Kätzchen mit spärlichem Fell-bewuchs. Im Laufe der Zeit entwickelte sich das Fell aber so prächtig, wie es sich eine Norwegische Waldkatze nur wünschen konnte. Es war buschig, dicht und lang. Dies war leider auch in der rückwärtigen Region so. Wenn sie also mal wieder auf dem Schreibtisch an mir vorbeilief, konnte es passieren, dass ich zweimal die Nase rümpfte. Das erste Mal, wenn sie mich kurz anmääähhhte, das zweite Mal, wenn ihr Hinterteil mein Geruchsorgan passierte.

In einem solchen Fall musste ich sofort eine exaktere Schnüffelprobe nehmen. Denn sehen konnte man in ihrem braunen Fell nichts. Sicherlich machte ich dabei keine gute Figur. Die sich wehrende Katze mit beiden Händen festhaltend, näherte ich mit äußerster Vorsicht meine Nase dem vermeintlichen Tatort. Dafür musste ich auch noch eine Hand frei bekommen, um den nach unten abgeknickten Schwanz nach oben zu bugsieren.

Keine leichte Aufgabe, aber kurze Zeit später hatte ich Gewissheit. Ich rief dann: „Janne, Shari stinkt." Der dann folgende Akt war wenig erquicklich, aber schlicht notwendig. Und er war mit vier Händen eindeutig besser zu managen als mit zwei. Spätestens wenn sich die Badezimmertür von innen schloss, wusste die kleine Shari, was die Stunde geschlagen hat.

Wir benutzten warmes Wasser, waren außerordentlich vorsichtig, schnitten die Bröckchen mit viel Feingefühl aus dem Fell, aber so richtig genießen konnte Shari es nie. Schließlich hatten wir die Zotteln rund um den Po soweit gekürzt, dass sie sich nicht mehr so leicht bekleckern konnte.

Katzen sind die reinsten Ausdauersportler. Damit ist nicht gemeint, dass sie lange laufen können. Da reicht's nur für einen kurzen Sprint. Aber sie können sehr lange bewegungslos auf der Lauer liegen und sie bleiben auch im Spiel am Ball. Shari hatte so einen Ball an der Innenseite der Wohnzimmertür hängen. Damit konnte sie sich mühelos eine geraume Zeit beschäftigen. Schon als kleines Kätzchen, sozusagen noch in der Trainingsphase für den Mäusefang, war sie voll konzentriert bei der Sache.

Sie legte sich so ziemlich platsch auf den Boden, nahm die (eingebildete) Maus ins Visier und zielte mit dem Hinterteil. Warum sie das so machen? Keine Ahnung. Sie fixieren das Ziel, in diesem Fall den Ball, heben das Hinterteil leicht an und bewegen es rhythmisch hin und her. Anscheinend kriegen sie so ein Gefühl für die Distanz und die genaue Richtung. Wenn sie sich so eine zeitlang eingependelt haben, stürmen sie los oder machen den letzten entscheidenden Sprung.

Shari setzte sich in kurzer Entfernung von ihrem Spielball entfernt hin, wackelte eine Weile und sprang dann los. Mit ihren Vorderpfoten packte sie ihn dann, zog ihn zu sich ran und machte gleichzeitig einen kleinen Satz mit ihm wieder nach hinten. Der Ball war jedoch mit einem Gummiband am Türgriff befestigt. Das Band spannte sich und – flutsch war der Ball wieder weg. So ging das dann eine ganze Weile. Erst kam der Sprung, dann Sharis Erfolgserlebnis: Ich hab dich – und dann – Flutsch wieder weg. So habe ich das Spiel dann auch getauft: *Ich hab dich – Flutsch wieder weg*. Dem Ball verging dabei Hören und Sehen. Er konnte von Glück sagen, dass er keine Maus war.

Aber Mäuse gab es bei uns schon lange keine mehr. Patchie hatte sie lange vor Shari alle gekillt. Es waren ohnehin nur zwei gewesen, die es gewagt hatten, bei uns im Hof ein neues Leben zu beginnen. Aber sie hatten die Rechnung ohne den Kater gemacht. Ich weiß noch, wie ich Esther kurz zuvor genau erklärt habe, warum Patchie niemals eine Maus fangen würde. „Einmal ist er zu tolpatschig und zum zweiten hat er nicht das richtige Gespür für sowas. Der fängt nie eine Maus." Natürlich habe ich das sehr leise gesagt, denn ich wollte Patchie nicht verletzen, aber von seinen Mäusefangfähigkeiten habe ich tatsächlich nicht viel gehalten.

Es war am Tag darauf, als ich einen Schrei hörte. Es war abends, ich lag gerade auf dem Sofa und habe gelesen, da hatte der Kater mich bereits widerlegt. Der Schrei kam aus der Küche, wurde von Esther ausgestoßen und rührte daher, dass der Fliesenboden plötzlich von einer Maus bevölkert wurde. Patchie hatte nicht vor, sie ewig dort rumlaufen zu lassen, aber eine Weile schon ... Da wir jedoch grausame Massaker, auch an Mäusen, nicht mögen, beschlossen wir erstens Patchie von der Maus und zweitens die Maus von unserer Küche zu trennen.

Der erste Schritt war schnell getan: Patchie auf den Arm genommen, ab ins Arbeitszimmer und Tür zu. Zwar testete er verzweifelt, ob der Schlitz unter der Tür nicht doch groß genug wäre, um durchzuschlüpfen, aber so klein und schlank war er schon damals nicht mehr. Der zweite Schritt fiel da schon viel schwerer. Wie kriegte ich die Maus wieder aus der Küche in den Hof. Klar war sie auch irgendwie reingekommen, aber zwischen die Zähne nehmen wollte ich sie denn doch nicht.

Die Lösung war ein Schuhkarton. Nun musste nur noch die Maus mit vereinten

Kräften da hineingetrieben werden. Dann konnte die Aktion „Rettet die Maus"
anlaufen. Die Aktion war fast ein voller Erfolg: Wir transportierten sie im
Schuhkarton in den Hof und setzten sie dort aus. Ich wollte ihr noch gerade ein
Leb-wohl-aber-verpiss-dich-jetzt-besser zurufen, als sie auf dem Hofboden wort-
wörtlich ihr Leben aushauchte. Patchie hatte sie offenbar mit seinen Zähnen
durchlöchert und dabei auch die Lunge erwischt.
Die zweite Maus habe ich wohl selbst auf dem Gewissen. Irgendwie hatte sie
mich in Angst und Schrecken versetzt, als Patchie sie mit reinbrachte und daher
katapultierte ich sie mit Hilfe des Kehrblechs nach draußen, was sie nicht
überlebte.
In jedem Fall war es mit Mäusen bei uns Essig, und so blieb Shari nur der
Punchingball an der Tür. Immerhin hat sie Patchie und mich so manches Mal
damit unterhalten. Wenn ich nachts nicht schlafen kann, setze ich mich ins
Wohnzimmer und lese noch etwas oder schmuse mit dem Kater. Wenn Shari
dabei war, haben Patches und ich sie gerne beim Spielen beobachtet. *Ich hab
dich – Flutsch wieder weg. Ich hab dich – Flutsch wieder weg.* Patchie und ich
saßen da und beobachteten dieses ewige Spiel des Lebens.

Aber es war bei unseren nächtlichen Sitzungen nicht immer friedlich.
Manchmal hatten Shari und ich ein nettes Stelldichein, wobei ich ihren
Kopf streichelte. Doch dann kam der Kater herein. Shari beobachtete ihn genau
und skeptisch mit ihren melancholischen Augen. Patchie registrierte diesen Blick
und ging tatsächlich zum Angriff über. Noch immer trennten die beiden ungefähr fünf Gewichtsklassen. Und dementsprechend fiel das Jaulen von Shari auch
aus. Ich konnte nicht umhin einzugreifen, jedoch war der Erfolg mäßig.
Patchie muckte zwar ein wenig, wenn ich ihn – wenig entschlossen – am Pelz-
kragen packte, aber er konnte niemals der Versuchung widerstehen, seiner klar
unterlegenen Gegnerin das schön gewachsene Fell etwas zu rupfen. Zum Glück
passierte das nur, wenn Patch mal wieder eine komische Laune an den Tag

legte. Meistens wurde sie nachts für das *Ich hab dich – Flutsch wieder weg*-Spiel mit einer Gratis-Durchleckung ihres Fells belohnt.

Überhaupt haben Katzen da ein sehr seltsames Verhalten, oder vielleicht auch nur Patchie. Es war stets ein Ritual, wenn Shari in die Fensterbox kam, dass dann ein großes Begrüßungslecken vonstatten ging. Die Fensterbox ist ein halboffener Holzkasten, den Janne gebastelt hatte. Er dient dazu, die Katzen vor Luftzug aus den Fensterritzen zu bewahren. Daher ist er zum Fenster hin geschlossen und zum Zimmer hin offen.

Dieser Kasten befindet sich direkt vor meinem Schreibtisch. Gerade im Winter fühlen sich die Katzen darin sehr wohl. Es ist nett anzusehen, wenn sie sich gegenseitig die Ohren, den Kopf und was ihnen sonst noch vor die Zunge kommt, lecken. Sie tun dies mit einer Inbrunst, Genauigkeit und Ausdauer, die beinahe erschreckend ist.

Angefangen hat eigentlich immer Shari. Sie stieg zu Patchie in die Fensterbox und gab ihm einen dicken Schleckser direkt über die Nase. Daraufhin startete Patchie durch. Über Shari ergoss sich eine Flut von Leckattacken. Ihr blieb nichts anderes übrig als die Augen zu schließen.

Bei Katzen dient die Zunge, welche mit winzig kleinen Noppen besetzt ist, gleichzeitig als Kamm. Und so bürstete Patchies Zunge das Kopffell der Kleinen mal nach hinten, mal nach vorn, dann nach links, dann wieder nach rechts. Bis ihr Kopf zum Schluss pitschnass war. Sie schaute mich dann an und ich schaute verdutzt zurück. Sowas hatte ich noch nicht gesehen: eine kleine Norwegische Waldkatze mit Irokesenfrisur.

Wie schon erwähnt entwickelte sich Shari prächtig und wurde eine vollmähnige Katzenlady. Als dann im Winter der erste Schnee fiel, war sie als ,Norwegerin' in ihrem Element. Patches, der ja ein Ragdoll-Kater ist, hat seine Vorfahren in Kalifornien, wo diese Katzenrasse vor rund vierzig Jahren gezüchtet worden ist. Sein Verhältnis zum Schnee ist entsprechend distanziert.

Wohl taucht er testweise mal kurz eine Vorderpfote in die weiße Pracht, aber bereits dies lässt ihn bis ins Mark erschauern.

Angewidert meidet er Eiskristalle, wo er nur kann – und wenn er es kann. Denn immer mal wieder kam es vor, dass er sich auf schneefreien Wegen so ungeschickt in eine kleine Schneewehe manövrierte, dass er nicht mehr wusste, wie er ohne Schneeberührung wieder herauskommen sollte. Wenn zusätzlich plötzliche Gefahr drohte, beispielsweise jemand im Hinterhaus die Treppe herunterstapfte, blieb nur noch der kürzeste Weg durch meterhohen Schnee – natürlich in Katzenmetern gerechnet.

Dann gibt's nur eins: Ohren und Schnurrhaare anlegen und durch. Ein Bad in kochendheißer Lava hätte für ihn nicht schlimmer sein können. Die Fortbewegung ging dabei nur sehr langsam vonstatten, da er seine Kraft damit vergeudete, Höhe zu gewinnen. Der Kater schien Beine aus Sprungfedern zu haben. So lag einem dann nach fünf Metern Schneedurchquerung einer völlig erschöpfter Patches zu Füßen.

Shari hingegen war in ihrem Element. Sie stapfte nicht nur durch den Schnee als hätte er ihr schon immer gefehlt, sie wusste auch vorzüglich damit zu spielen. Katzen knicken ihre Pfoten so ab, dass sie wie kleine Schaufeln verwendet werden können. Daher spielte die kleine Shari einfach Schneeschippen. Pfote kippen, Schnee wegwerfen und hinterherspringen, Schnee fangen. Dem fliegenden Schnee kann man dabei mit der Pfote so einen dengeln, dass er bewusstlos zu Boden geht.

Gut so.

Oder man kann ihn mit dem Maul fangen.

Schmeckt gut.

Dieses Spiel machte ihr wohl fast noch mehr Spaß als *Ich hab dich – Flutsch wieder weg*. Wenn Patches ihr dabei zusah, konnte man an seinem verdrießlichen Gesichtsausdruck förmlich seine Gedanken ablesen.

Verrücktes Katzenvieh, norwegisches.

Die kalte Jahreszeit war tatsächlich auch für unsere Küche eine kalte Jahreszeit. Das lag daran, dass wir damals noch keine Katzenklappe hatten und das Küchenfenster offen stehen musste, solange die Katzen – oder besser die Katze – die Schneelandschaft im Hof genoss. Wie schön war es dagegen, als der Frühling in die Oberrheinische Tiefebene einzog. Dann öffnete ich frühmorgens gerne das Fenster, um frische Luft herein zu lassen.

Gerade im Frühling saßen Patches und Shari, wenn ich morgens die Küche betrat, bereits am Fenster und schauten mich erwartungsvoll an.

Nun mach endlich den Laden auf!

Kaum hatte ich das Fenster aufgezogen, gab's auch schon das Gedrängel hin zur Fensterbank. Andere Katzen hätten sich sofort nach unten in den Hof gestürzt. Schließlich steht zu diesem Zweck unter dem Fenster der Gartentisch, der als Zwischenstufe für rasches Abtauchen gut geeignet ist.

Aber nicht so Patches und Shari. Die Beiden saßen nebeneinander auf der Fensterbank und genossen erstmal den Ausblick auf ihr Reich. Dabei ließen sie entspannt ihre Schwänze kreisen, schlugen damit mal hierhin, mal dorthin und saugten genussvoll die frische Frühlingsluft in ihre kleinen Katzennüstern. Ich sah nur zwei Rücken und zwei Schwänze, die – beinahe synchron – entspannt hin- und herpendelten. Gab's ein Vogelzwitschern von rechts, drehten sich beide Köpfe dahin, gab's ein Knarren aus dem Nebenhaus, schauten sie eben dorthin. Sie saßen dort, als hätten sie nie etwas anderes getan, und als wollten sie auch nie etwas anderes tun.

So begann der Frühling. Es sollte Sharis einziger Frühling werden. Wir pflanzten Blumen in unsere großen Betonkübel ein, die wir überall im Hof zu diesem Zweck aufgestellt hatten. Der wildwachsende Holunder wurde schnell grün, und schon bald zeigten sich die unverwüstlichen Farne in ihrem Frühstadium, noch ganz klein und zusammengerollt wie Hundebabys. Shari genoss auch diese Jahreszeit in vollen Zügen. Es gab Insekten, hinter denen man herjagen konnte, viele Gerüche der wachsenden Blumenpracht – und jede Menge Sonne.

Shari hatte bald herausgefunden, dass die gepolsterten Gartenstühle eine angenehm weiche Liegefläche darboten – hervorragend geeignet für ein Sonnenbad. Dort ließ sie sich gerne die Sonne auf das braune Fell brennen. Wenn ich zur Katzenkontrolle den Hof betrat und sie im Gartenstuhl hingeräkelt liegen sah, sagte ich schon mal: „Uns geht's aber gut, was?"

Dann blinzelte sie zurück.

Und wie!

In dieser Zeit tauchte bei Shari plötzlich ein Augenleiden auf. Eine Nachbarin machte darauf aufmerksam: „Shari hat ja ein ganz trübes Auge …".

Als sorgenvolle Katzeneltern ging es natürlich sofort wieder zur Tierärztin.

„Es ist eine Hornhautverletzung, nichts Schlimmes, aber es muss vernünftig ausheilen."

Der kleinen braunen Katze wurde eine Aufbauspritze verpasst und ein paar Mittelchen verschrieben. „Aber sie sitzt manchmal nur einfach so rum und hat anscheinend zu nichts Lust", warf Janne ein. Nun ist allgemein bekannt, dass einfach nur so rumsitzen plus schlafen eine der Haupttätigkeiten von Katzen ist. Aber im Vergleich zu sonstigen Zeiten, wo Shari die Welt im Spiel eroberte, war sie wirklich ungewöhnlich ruhig geworden.

„Wir können mal eine Blutprobe nehmen und sehen, ob da alles in Ordnung ist", schlug die Tierärztin vor. Und so geschah es denn auch. Aber um einige wenige Tropfen Blut aus Madame Struppeli herauszubekommen, musste eine kleine Kanüle in die linke Vorderpfote gelegt werden. Schon das Setzen der Kanüle war pure Folter für die Kleine. Man konnte es ihrem Määähhhn anhören. Das war kein Protest, sondern der reinste Schmerz.

Als die Kanüle schließlich gesetzt war, musste nun noch Blut aus der Kleinen herausgeholt werden. Zu diesem Zweck strich die Tierärztin ihr das Beinchen entlang nach unten und quälend langsam bildete sich ein Blutstropfen und fiel endlich in das bereitgehaltene Glasröhrchen. Shari schrie wieder. „Mindestens zwei Tropfen brauchen wir noch", sagte die Tierärztin bedauernd. Als wäre kaum Blut in der Katze, dauerte dies jedoch und Shari jaulte. Endlich war es geschafft.

Dabei war Shari immer die Tapferste, wenn es ins Auto und zum Tierarzt ging. Ganz anders als unser Katzen-Supermann Patchie. Der stimmt immer schon beim Passieren der Haustür ein gar schreckliches Katzengejammer an. Ist er dann erstmal im Auto, wächst sich dies zu einer wahrhaftigen Klage-Arie aus. Kein Kater hat jemals so schrecklich beim Autofahren gelitten wie Patches.

Vor lauter Aufregung verliert er noch heute büschelweise Haare, die im Auto herumschweben und mitunter die freie Sicht des Fahrers behindern, der außerdem noch – mit offenem Mund sollte man in solchen Momenten eben nicht atmen – auf einer Fellfluse herumkauen muss.

Patches kreiert dabei Töne, die er in einer Normalsituation niemals zustande bringt. Sie sind sehr kehlig und sehr vokalig. Sowas wie „Oauuuuhhh" oder „Uuooouuuaaaahh". Nach kurzer Zeit jedoch hat er sich eingeschossen. Dann lautete die direkte Frage: „oouuuhhaaauuummm". Immer deutlicher hörte ich „Waaarrruuum?" heraus. Aber wie sollte ich das dem Kater klarmachen. Wenn man krank ist oder die jährliche Impfung ansteht, muss man nunmal zum Tierarzt.

In diesen Situationen war Shari stets ein großer Trost – direkt für Patches und indirekt auch für uns. Denn diese ewige Fragerei nach dem Warum, verbunden mit nicht unerheblichem Lärm, kann einem ganz schön auf die Nerven gehen.

Selbst im Auto, wo andere Katzen meist hohldrehen, war Shari immer die Ruhe selbst. Und wenn Patchie dann mit seiner Zeter-Orgie anfing, legte sie beschwichtigend und beruhigend ihr Pfötchen mitten auf Patchies breiten Katerschädel. Die Wirkung war verblüffend. Mindestens für eine knappe Minute hielt der Held den Schnabel.

Nachts im Wohnzimmer, der Tierarztbesuch war bereits zu den Akten gelegt, war die Welt wieder in Ordnung. Mit Patches sprach ich über die vielfältigen Probleme der Welt, ob sich das alles lohnt und was der Sinn des Lebens sei. Woraufhin Patches meist zu einem ausgedehnten und herzhaften Gähner ansetzte. Er hatte einfach auf alles eine Antwort. Und Shari war wieder aktiv und spielte an der Tür *Ich hab dich – Flutsch wieder weg* und machte einen fröhlichen Eindruck.

W eniger fröhlich war dann das Laborergebnis. „Shari hat einen erhöhten Antikörper-Titer gegen FIP im Blut." FIP ist eine Virusinfektion. Die Mutter von Shari war kurz nach der Geburt gestorben.

„Das passiert oft bei dieser Erkrankung", klärte uns die Tierärztin auf. „Die Jungen haben dann bereits von Anfang an das Virus im Blut und bilden Abwehrkräfte dagegen, eben die Antikörper. Die Viren verschwinden dann zwar nicht, aber sie werden von den Antikörpern in Schach gehalten. Shari kann damit durchaus alt werden."

Die Tierärztin schlug Aufbauspritzen vor, um das Immunsystem zu stärken. Außerdem wollte die Hornhautverletzung im Auge einfach nicht besser werden. Und so begann erneut ein ständiger Shuttle-Dienst zum Tierarzt. Zum Glück war Shari ja die einzige Katze in Karlsruhe, die eine Fahrt im Auto als Genuss ansah. Sobald wir nun jedoch die Tierarztpraxis betraten, wurde ihr Verhalten deutlich reservierter. Waren wir dann schließlich wieder zu Hause, entschädigte sie ein großer Klacks frisches Rinderhack oder leckerer Thunfisch für erlittene Pein. Dazu gab es eine Extraportion Zwischen-den-Ohren-Kraulen.

„Na, Mutzelmaus. Jetzt hast du es ja wieder geschafft."

Und Janne sagte: „Und wie tapfer sie wieder war."

Shari schmatzte vor sich hin und bedachte uns mit einem gelegentlichen Blick.

Alles wieder wunderbar.

Dann sprang sie vergnügt in den Hof.

Der Frühling schritt voran und der Hof wurde zusehends lebendiger. Bienen machten ihrem fleißigen Ruf alle Ehre, Käfer krabbelten auf dem Betonboden herum und Spinnen fingen wieder an zwischen den größer werdenden Farnblättern ihre Netze zu weben. Besonders begrüßten unsere beiden Katzen das fröhliche Vogelgezwitscher.

Nun ist Vogelgezwitscher ein sehr zweischneidiges Schwert, für Menschen jedenfalls. Schön auf der einen Seite, wenn man ausgeschlafen das Hoffenster öffnet und in den Sonnenschein hinausblinzelt. Wenn allerdings im Hochsommer morgens um halbfünf ein gefiederter Sänger direkt vor dem Fenster lauthals ein Lied schmettert, kann dies durchaus zu einer gewissen Verstimmung führen.

Bei Katzen löst Vogelgezwitscher jedoch ganz andere Gefühle aus. Das geht weniger in die Richtung: Die Vöglein singen wieder, der Frühling ist da. Vielmehr sagt sich eine vernünftige Katze: Ich höre die Vöglein zwitschern, die Jagdsaison ist eröffnet.

Auch wenn die Vögel zuweilen für Missstimmung bei uns sorgen, so gebieten wir dem Jagdeifer nach dem Federvieh dennoch Einhalt. Und das nicht nur, weil die Hofsänger immer seltener werden. Bei einem Vogel in den Fängen einer Katze kommt auch mir der Humor unter die Räder. Daher ist es uns nur recht, dass Patches ein ebenso begeisterter wie erfolgloser Vogeljäger ist.

Dabei sieht sein Heranpirschen durchaus professionell aus. Er presst sich ganz platt auf den Boden, bis er nur noch so hoch ist wie eine Flunder. Dabei hat er den Vogel genau im Visier. Er bewegt sich erst, wenn der Vogel, der mit seinen seitlich postierten Augen einen recht guten Rundumblick hat, genau in die entgegengesetzte Richtung schaut.

Dann bringt er ungefähr einen Zentimeter Luft unter seine Bauchdecke und bewegt sich erstaunlich schnell auf den Vogel zu. Die angewinkelten Beine überragen dabei den Körper, wodurch die Fortbewegung aussieht, als würde die Katze auf seitlich montierten eckigen Rädern über den Hof rollen. Der übrige Körper ist dabei völlig bewegungslos. Er schwebt förmlich über den Boden dahin.

Bis zu dem Moment, in welchem der Vogel sich wieder minimal bewegt. Das hat das sofortige Einfrieren der Katzenbewegung zur Folge und der Körper wird langsam wieder auf den Boden abgesenkt. Bis der Vogel sich wieder ganz von der Katze abwendet. Zum Schluss, aber wirklich ganz zum Schluss, kommt Sprint, Satz und bei manchen Katzen der Sieg. Patches aber war in dieser Hinsicht bislang stets ein zuverlässiger Versager.

Vielleicht kommt bei ihm der Sprint zu früh oder zu spät, der Satz ist eventuell zu kurz oder zu lang. Vielleicht fehlt es dem ganzen Unternehmen Patches-jagt-den-Vogel einfach an der entscheidenden Entschlossenheit. Jedenfalls lautete bei Patches die Reihenfolge immer: Sprint, Satz und – der Vogel fliegt weg. Doch damit nicht genug. Vögel wissen anscheinend sehr genau, wann sie genug Höhe haben, um vor der Katze – zumindest im Moment – sicher zu sein. Zwischenstation bei der Flucht vor ungeschickten Katern war daher immer die Regenrinne von der Garage. Dort pfiff der Sieger dem Kater ein fröhliches Lied. Patchie schaute dann den Vogel jedesmal erstaunt an und überhörte geflissentlich Hohn und Spott.

Wie hat der das bloß wieder gemerkt?

Und so kam es, dass morgens, wenn das Fenster geöffnet wurde, und die beiden Katzen gemütlich auf dem Fenstersims saßen, Patchie eine gewisse souveräne Gleichgültigkeit ausstrahlte. Tieffliegende Spatzen, auf dem Hof umherhüpfende Amseln, vorwitzige Kohlmeisen, alles dies nimmt er kaum zur Kenntnis; er sieht gewissermaßen darüber hinweg.

Vögel? Haben mich noch nie interessiert.

Shari, welche die leichtlebigere von beiden Katzen war, ging die ganze Sache ohnehin lässiger an. Sie schien sich ja mehr für Raubvögel zu interessieren, die hoch am Himmel schwebten. Den kleinen Körner- und Beerenfressern konnte sie offenbar kein großes Interesse abgewinnen.

So saßen sie denn morgens da, durch das geöffnete Fenster wehte der noch kühle Morgenwind eines beginnenden Frühlingstages und bauschte leicht die Blätter der Tageszeitung. Die Katzen drehten die Köpfe hin und her, sahen, dass in ihrem Reich alles in Ordnung war, und schlugen zufrieden mit den Schwänzen.

Shari erholte sich langsam wieder, nur das Auge wollte nicht recht besser werden. Es wurde sogar zuweilen milchig-trüb, was wieder einige Tierarztbesuche zur Folge hatte. Dennoch wurde sie nicht unwirsch, sondern behielt ihre stoische Haltung. Anscheinend wurde sie sogar noch ein wenig anhänglicher und verschmuster. Janne nahm später an, sie wäre es ohnehin mehr als andere Katzen, weil sie die Krankheit auf irgendeine Art in sich spürte.

Jedenfalls hatte sich zwischen Shari und Janne so etwas wie eine feste Regel gebildet. Sie lag neben Janne auf dem Sofa in der für sie typischen Haltung: Der Kopf leicht erhöht auf dem Oberschenkel von Frauchen ruhend, mit dem Körper aber auf Distanz. Wenn sie dann merkte, dass Frauchen zum letzten Mal vor dem Zubettgehen im Badezimmer verschwand, um sich für die Nacht fertig zu machen, stand sie ebenfalls auf und ging zur Wohnzimmertür.

Dort setzte sie sich nieder — und wartete. Sie wusste, der Weg Frauchens vom Bade- ins Schlafzimmer führt an der Wohnzimmertür vorbei. Kam Janne dann in Sicht, setzte Shari den unwiderstehlichen Anhalterblick auf und schaute nach oben. Janne wusste dann genau, was zu tun war. Sie nahm Shari erstens auf den Arm und zweitens mit ins Bett. Dort bevorzugte die kleine Norwegerin immer noch die Premiumlage auf dem Kopfkissen, direkt neben Frauchens Kopf; die Pfote ausgestreckt, mit Fühlkontakt zum Gesicht. Die kleinen Ballen lagen dann oft im Bereich zwischen Mund und Nase.

Dies hielt sie natürlich keineswegs davon ab, mal nach dem Rechten zu sehen, wenn sie aus dem Wohnzimmer in der Nacht Geräusche hörte. Während Patches und ich dann wieder die Probleme der Welt erörterten, kam die mittlerweile gar nicht mehr so kleine Shari hereingewatschelt. Hatte sie an dem Gespräch kein weiteres Interesse, ging sie zur Tür und gab dem Spielzeug Saures. So hörten wir nach kurzer Zeit: *Ich hab dich – Flutsch wieder weg.* Patchie und ich überließen dann die Welt ihren Problemen und schauten einfach zu. Was braucht man auch mehr als einen Ball und ein spannendes Spiel. Shari ihrerseits hatte uns dann meist gänzlich vergessen.

Aber nach einer kurzen Erholungsphase verschlechterte sich der Zustand von Shari wieder. Sie wurde zusehends apathischer. Zwar machte sie keinen direkt leidenden Eindruck, aber die Lebensenergie war deutlich heruntergefahren. Nach einem kurzen morgendlichen Inspektionsbummel über den Hof, sprang sie auf ihren Gartenstuhl, der die meiste Sonne abkriegte, kringelte sich zusammen und schlief.

Damit das Auge endlich abheilen konnte, die verletzte Hornhaut war immer noch nicht in Ordnung, bekam Shari einen Trichter, wie ihn Hunde und Katzen immer kriegen, damit sie mit Zunge oder Pfote nicht an bestimmte Kopfstellen kommen, die heilen sollen. Sie war nicht glücklich mit dem Ding da um ihren Hals, aber auch damit konnte sie sich arrangieren. Nach kurzer Zeit hatte sie herausgefunden, wie man es sich auch mit dem Trichter bequem machen und schlafen konnte. Doch das Grundproblem der Infektion war damit natürlich nicht behoben.

Vielleicht war es eine gewisse Hilflosigkeit, vielleicht aber auch eine instinktive Art jemandem helfen zu wollen; jedenfalls wollte ich sie in den ersten schönen Maitagen, die bereits sehr heiß waren, zum Spielen animieren. Ich warf Bällchen, kleine Maus-Imitate, machte sie auf summende Insekten aufmerksam … Sie ließ sich durchaus darauf ein, aber bereits nach kurzer Zeit erlahmte ihre Energie wieder.

Patches war da wesentlich rabiater, er sprang auf die kleine Katze drauf und wollte mit ihr raufen. Dies jedoch tat Shari merklich weh. Sie klagte dann laut und ich musste immer wieder dazwischen gehen, auf Kater Rauhbein einreden, ihm erklären, dass Shari doch sehr krank war, ohne dass es allerdings viel geholfen hätte.

Fast vergessen schien die Zeit, in der die beiden als Team zur Hochform aufliefen. Es war im März. Die Tage wurden länger und in der Sonne war es bereits beachtlich warm. Mir fiel auf, dass Shari des öfteren hinten rechts im Hof an einer Stelle verharrte. Es war genau über dem Gitterrost, der vor der Eingangstür des Hinterhauses einen Schacht abdeckt. Dieser Schacht ist über ein unterirdisches Fenster mit dem Keller verbunden. Shari saß am Rande dieses Schachtes und starrte hinunter. Nicht minutenlang, sondern eine halbe Stunde oder länger. Manchmal kam Patches dazu. Nach einer kurzen Schnüffel-begrüßung setzte er sich Shari gegenüber ans andere Ende der Roste und schaute ebenfalls gebannt nach unten.

Da wollte ich ebenfalls nicht hintanstehen, ging hinaus und versuchte in dem dunklen Schacht etwas zu erspähen. Die Katzen blickten kurz nach oben in mein fragendes Gesicht, sahen aber schnell ein, dass ich keineswegs eine große Hilfe war – eher das Gegenteil. Neben dem Schacht befindet sich in kurzer Entfernung die Hofmauer, welche ihre putzfreien Blößen geschickt mit üppigem Efeu-bewuchs überdeckt. Efeu fühlt sich offensichtlich ebenfalls in Kellerschächten wohl.

Jedenfalls wucherten die spitz zulaufenden Blätter fast den gesamten Schacht zu und ließen nur in der Mitte ein Loch frei. Doch selbst durch dieses Loch konnte man nichts weiter sehen, da es sich nach unten hin im Dunkel verlor. Zumindest für Menschen, Katzen sehen natürlich viel mehr, vom Hören ganz zu schweigen. Daher ging ich in den Keller des Hinterhauses und schaute mir die Sache mal von innen an. In diesem Teil des Kellers dringt auch das Licht der einzigen Glühbirne nicht hin, so dass ich auf die Taschenlampe angewiesen war. Shari und Patchie waren zwar ganz wild darauf mich zu begleiten, aber ich ließ sie ungern in den Hinterhaus-Keller, weil er voller Gerümpel stand und sich eine halbwegs geschickte Katze dort tagelang aufhalten konnte ohne entdeckt zu werden.

Das Fenster am unteren Ende des Schachts war offen. Nicht die beste Maß-nahme, wenn man bedenkt, dass es im subtropischen Karlsruhe zuweilen auch die dazu passenden Regengüsse gibt. Aber das Fenster war auch nicht mehr zu schließen; jedenfalls nicht ohne gründliche Reinigung – und die hätte schon ein paar Meter vorher beginnen müssen. Das Fenster liegt direkt in einer Nische unter der Kellertreppe. Davor standen riesige alte Korbflaschen für Wein, selbst zusammengebastelte Holzschränke und Regale, das ehemals weiße Oberteil eines Küchenschrankes und noch ein paar andere Utensilien, die das Herz einer Hausfrau in den fünfziger Jahren hätten höher schlagen lassen.

Ich klatschte ein paar mal in die Hände und lauschte. Doch ich hörte nicht das kleinste Rascheln; auch nicht aus dem finsteren Verlies unterhalb der Kellertreppe, wo ich nicht mal mit der Taschenlampe richtig hinleuchten konnte. Also ging ich wieder nach oben, wo ich bereits mit gespannten Blicken erwartet wurde.

„Fehlalarm, Leute. Keine Spur von Leben auf dem Planeten da unten. Ihr müsst euch geirrt haben." Shari schaute sofort wieder durchs Gitterrost nach unten.

Wenn man den schon irgendwo hinschickt.

Patchie trottete mit mir zurück in die Wohnung. Er lief mir dabei wie üblich sehr dicht vor den Füßen rum. So stolperte und fluchte ich abwechselnd. Er will damit sicherstellen, das ich ihm folge – und zwar genau zu den Futternäpfen. Er fand, es war Zeit für das zweite Frühstück. Oder war es bereits das dritte?

Die Schachtschauerei wiederholte sich. Jeden Tag saß Shari neben dem Gitter-rost und blickte ins Nirvana. Ich ging in den Arbeitspausen manchmal zu ihr, tätschelte ihr den Rücken und sprach ihr Mut zu.

„Pass schön auf, Mutzelmaus. Und wenn Armeen von Unterirdischen da raus-marschieren, dann sagst du mir schnell Bescheid."

Sie sah mich kurz an und blickte dann wieder in das dunkle Loch.

Du kannst mir auch mal im Mondschein begegnen.

Danach besah ich mir die anderen Kellerfenster, die gerade oberhalb des Hofbodens liegen. Sie standen ebenfalls ein wenig offen und ließen sich, da sie völlig verzogen waren, nicht mehr schließen.

Eines morgens war es dann soweit. Ich schlurfte noch ein wenig schlaftrunken in die Küche. Patchie und Shari saßen bereits auf der Fensterbank und sahen aufgeregter als sonst zu mir herüber. Shari machte ein paar Trippelschritte, schaute hinaus und dann wieder mich an.

Nun mach schon!

„Regen euch da wieder irgendwelche Vöglis auf?" fragte ich und ging auf das Fenster zu. Ich stellte mich schon darauf ein, erst einmal kräftig mit den Armen aus dem Fenster wedeln zu müssen, um die Vögel zu verjagen, bevor ich die Genehmigung zum Hofgang erteilen konnte. Doch diesmal waren sie schneller. Kaum hatte ich das Fenster einen Spalt geöffnet, huschte Shari hinaus. Patchie drängelte hinterher.

Die sich erst sachte lichtenden Nebel in meinem Gehirn und die draußen noch herrschende morgendliche Dämmerung ergaben ein Gesamtbild, welches vornehmlich von Unschärfe geprägt war. Ich hängte mich aus dem Fenster und stierte in den dunstigen Morgen. In der Mitte des Hofes hatten wir in einer Pyramide aus runden Betonkübeln Blumen und Sträucher gepflanzt. Dahinter waren beide Katzen verschwunden. Sofort aber tauchte Patches wieder auf. Er bewegte sich im Rückwärtsgang auf das Hinterhaus zu.

Dann sah ich das Objekt der Begierde: eine Ratte. Sie wich nach links aus, offenbar um den Kater zu umgehen und wieder in den Keller des Hinterhauses zu gelangen. Dem war aber wohl das Jagdfieber zu Kopf gestiegen, denn er bewegte sich ebenfalls in diese Richtung und schnitt der Ratte den Weg ab. Nun tauchte auch Shari wieder auf. Sie folgte mit vorsichtigen Schritten dem Nager und wollte die Ratte zwischen sich und Patches bringen. Diese musste sich nun nach zwei Seiten verteidigen und trippelte mit dem Hinterteil voran auf den Schuppen zu. Dort war Endstation.

Ratten sind für Katzen ein heikles Thema. Sie sind viel größer und wehrhafter als Mäuse, darum machen viele Samtpfoten lieber einen Bogen um sie. Es gibt aber ebenso welche, die sich sozusagen auf das kätzische Großwild spezialisiert haben; die nennt man dann rattenscharf. Ich habe bereits erwähnt, dass Patches komplizierte Situationen meidet. Sicherlich, er ist ein Prachtkater, der nichts und niemanden auf dieser Welt fürchtet – außer dem Staubsauger natürlich. Dennoch würde ich ihn nicht gerade als Draufgänger bezeichnen.

Dass er in diesem Moment trotzdem draufging, mochte daran liegen, dass die Ratte zurückging. Doch damit war, eben wegen des Schuppens, nun Schluss. Das Rättlein stoppte und auch die beiden Katzen ließen sich langsam ausrollen und standen nun vom Spitzgesicht vielleicht noch dreißig Zentimeter entfernt. Die Eingeschlossene gab rattentypische Quietsch- und Quaddelgeräusche von sich und die Katzen überlegten wohl, was sie davon zu halten hätten. Ich meinerseits hielt die Zeit für gekommen, mich in den Disput einzumischen und ging nach draußen. Dort stand ein Besen gleich neben der Hoftür, welchen ich mir schnappte. Von Ratten hatte man schließlich schon die sagenhaftesten Dinge gehört. Außerdem war mir Patches in Sachen Heldentum offenbar ein guter Lehrmeister gewesen.

Als ich mich langsam dem spannungsgeladenen Hof-Brennpunkt näherte, wurde es der Ratte offenbar zuviel. Sie war eingekesselt, eingekreist und auch sonst war ihre Lage nicht gerade rosig. Ihre Stimme überschlug sich und ging in ein unangenehmes Pfeifen über. Vielleicht lag es daran, dass Patches ihr den kürzesten Weg zum rettenden Hinterhauskeller abschnitt, vielleicht aber auch hatte sie in dem Kater den psychologischen Schwachpunkt des Kessels ausgemacht. Jedenfalls fauchte sie ihn noch einmal kräftig an und setzte zum Sprung an. Möglicherweise wäre sie in ihrer Verzweiflung wirklich Patches ins Gesicht gesprungen; vielleicht ahnte sie aber dessen nächste Aktion voraus.

Das Bild welches sich mir dann bot war erstaunlich. Die Ratte sprang, Patchie zog den Kopf ein und das Nagetier landete auf seinem Hintern, von wo es sich kräftig abstieß und zum Kellerfenster spurtete, wo es sofort verschwand. Mit der Nummer

hätten sie im Zirkus als gemischte Katzen-Ratten-Dressur auftreten können.

Die Katzen fetzten sofort hinterher, aber der Spalt im Fenster war zu klein. Da ich kein Interesse daran habe, dass sich Ratten bei uns übermäßig wohl fühlen, lief ich zur Eingangstür des Hinterhaus und riss diese ebenso auf wie die kurz dahinterliegende Kellertür.

„Hier geht's lang", rief ich. Und sofort war die Rattenpolizei zur Stelle und fegte die Treppe hinunter. Ich musste zurück in die Wohnung, um die Taschenlampe zu holen. Als ich endlich im Keller ankam, hörte ich gerade noch etwas Rattengezwitscher und dann war Ruhe. Der Lichtkegel tastete sich über Kommoden, Farbeimer, staubige Stehlampen und eine verlassene Puppe, die geistesabwesend die finstere Decke anblickte.

Ganz hinten in einem kleinen Raum fand ich schließlich die Heldenkatzen. Sie schauten mich beide an. Ich suchte den Boden ab, fand aber nichts, was mit einem grauem Pelz bekleidet war. Dann ging Shari auf eine Ecke zu und schnüffelte. Ich schob sie etwas zur Seite und das Licht fiel auf ein kleines Loch. Groß genug für eine Ratte aber zu klein für eine Katze. Gut gewählt.

Nachdem die beiden noch ausgiebig ihrer verpassten Jagdgelegenheit hinterher geschnüffelt hatten, gingen wir wieder ans Tageslicht. Das Loch machte ich noch am selben Tag zu. Im übrigen hoffte ich, dass jeder Graupelz in der Umgebung im *Kanalbühler Rattenblatt* lesen würde, dass bei uns das Leben ein bisschen zu aufregend ist. Tatsächlich mied das Trippelvolk für die weitere Zukunft zumindest den Hof.

Shari und Patches sonnten sich im Hochgefühl ihres Sieges – und in der Sonne. Sie lagen hingeflatscht im Hof, mit hoch erhobenen Kopf. Patches probierte sogar – ich nehme an, es kam aus den Tiefen seines Unbewussten – ein Löwenhecheln, stellte dies aber schnell wieder ein. Shari drehte ein paar Runden im Hof. Sie legte keinerlei Größenwahn an den Tag, war aber mit sich rundherum zufrieden.

B ezeichnend für die Virus-Erkrankung FIP ist die Ähnlichkeit zwischen zwei Arten von Coronarviren: dem harmlosen FEC-Virus und dem lebensbedrohlichen FIP-Virus. Mit ersterem sind viele Katzen infiziert, ohne dass dies schlimme Folgen hätte. Beim FIP-Virus handelt es sich jedoch um eine Mutation der harmlosen FEC-Variante, welche nur in der Katze selbst stattfindet. Stellt das Labor Antikörper fest, ist niemals klar, ob es sich um eine Abwehr gegen die gutartige oder die bösartige Sorte des Coronarvirus handelt.

Die FEC-Infektion spielt sich lediglich im Darm ab. Hier hat das Immunsystem die Viren unter Kontrolle. Es kommt vielleicht mal zum Durchfall, aber sonst passiert nichts dramatisches. Erst wenn in der Katze der Eindringling zum FIP-Virus mutiert, wird es ernst. Dann verbreitet es sich im ganzen Körper.

Die Erkrankung kann auf das Nervensystem übergreifen. Insgesamt äußert sich die FIP-Erkankung auf sehr unterschiedliche Weisen. Ist die Mutation des Virus einmal eingetreten und die Erkankung bricht aus, gibt es keine Behandlungsmöglichkeit mehr. Die Krankheit verläuft fast immer tödlich.

Ende April, Anfang Mai verschlechterte sich Sharis Zustand rapide. Für die Katzen war es normalerweise ein Klacks, vom Gartentisch im Hof hinauf zum Fenstersims zu springen, doch für Shari wurde dies zusehends schwieriger, bis sie es sich nach einigen mehr oder minder verunglückten Sprüngen nicht mehr zutraute. Gerade jetzt im Frühling konnten wir tagsüber den Weg über den Hausflur offen halten. Dazu musste Shari nur drei Stufen bewältigen, um in die Wohnung oder wieder hinaus zu gelangen. Dies nahm sie, nachdem sie den Sprungweg über Gartentisch und Küchenfenster gänzlich aufgegeben hatte, dankbar an.

Die Tierärztin schlug wegen der zunehmenden Schwäche von Shari eine mehrstündige Infusion vor. Dafür musste Shari in der Tierarztpraxis bleiben. Als ich sie abholte, steckte die Kanüle immer noch in ihrem Vorderbeinchen und war mit einer Binde umwickelt. Den Trichter hatten wir ihr schon vor längerem wieder abgenommen. Zwar war das Auge noch nicht ganz in Ordnung, aber wozu sollten wir sie unnötig drangsalieren mit Sachen, die im Moment nicht so wichtig waren. Mit ihrem verbundenen Vorderbeinchen sah sie ein wenig aus wie Lazarus.

Selbst der leichte Weg durch den Flur mit den paar Stufen, die man nehmen musste, um vom Hof in die Wohnung zu gelangen, fielen ihr immer schwerer. Zwar forderten wir sie nach wie vor zum Spiel auf. Aber dafür ernteten wir nur einen verträumt-mitleidigen Blick.

Seht ihr denn nicht, dass ich nicht kann?

Ähnlich erging es Patchie und mir, wenn wir unsere Nachtsitzung hatten, und Shari sich langsam ins Wohnzimmer schob, was immer seltener vorkam. Dann nahm ich ihren Spielball, der an der Innenseite der Wohnzimmertür hing, und ließ ihn vor ihrer Nase hin- und herbaumeln. Dann streckte sie vielleicht zaghaft ihre rechte Pfote aus und versuchte den Ball zu sich heran zu ziehen. Doch schon nach wenigen Augenblicken gab sie auf und trottete im Raum herum, um kurz nach dem Rechten zu sehen. Nachdem sie ihre Runde um den Tisch gedreht hatte, ging sie wieder ins Schlafzimmer zu Janne schlafen.

Es kam dann die Zeit, in der es ihr schwerfiel, noch nach draußen zu gehen, um auf ihren geliebten Gartenstuhl ihr braunglänzendes Fell in der Sonne zu wärmen. Deswegen trugen wir sie nun jeden Morgen hinaus und legten sie auf das weiche Stuhlpolster. Wenn die Sonne frühmorgens noch nicht ausreichend wärmte, gab's noch eine kleine Kuscheldecke dazu. In diesen Tagen wurde sie zusehends zärtlichkeitsbedürftiger und sie kroch eines Nachts sogar unter Jannes Bettdecke, etwas das sie zuvor niemals gemacht hatte.

Auch die Tierärztin wusste nicht mehr weiter. Selbst das Trinken fiel Shari schwer, weil sie ihre vorderen Beine nicht mehr richtig spreizen konnte. Daher hoben wir die Schüssel an, damit sie trinken konnte. Aber ihr Bedürfnis nach essen und trinken nahm ebenfalls ab.

Schließlich war Himmelfahrt, ein Feiertag im Mai, an dem die Sonne vom Himmel brannte. Es war sehr warm und Shari wankte auf dem Hof herum, so gut sie konnte. Der Ginster blühte in quietschgelb. Als Shari unter ihm stand, wie sie es so oft schon getan hatte, und nach oben blickte, erschrak sie vor so viel Farbe. Dann trottete sie wieder zu ihrem Sessel und schaute mich an. Ich hob sie hinauf. Sie blinzelte dankbar.

Wir verbrachten den Tag im Hof, mit Shari und Patchie. Doch Janne und ich kamen zu dem Entschluss, dass es nicht mehr ging. So rief ich bei der Tierärztin an, vielleicht hatte sie zufälligerweise Nodienst. Sie hatte.

Ja, es würde noch gehen, aber wir sollten bald kommen. Die Sonne verschwand zusehends hinter immer schwärzeren Wolken. Als wir im Auto saßen, fing es an zu regnen. Shari störte es wie eh und je nicht, mit dem Auto zu fahren. Sie machte einen überaus gelassenen Eindruck und schaute interessiert aus dem Fenster. Wir waren nicht gelassen.

Die Tierärztin wickelte den Verband von der immer noch steckenden Kanüle. Janne behielt Shari auf dem Arm. Ich schaute zum Fenster hinaus, während ich Shari hinter den Ohren kraulte. Der Regen war jetzt sehr heftig geworden. Die Tierärztin traf ihre Vorbereitungen. Die erste Spritze dient nur zur Betäubung.

„Sie ist jetzt schon ganz weit weg", sagte die Tierärztin. In diesem Moment wurde das Fenster von einem vielarmigen Blitz grell erleuchtet. Eine kurze Stille. Dann zerriss ein mächtiger Donner die Luft. Als wir die Hauseingangstür der Tierarztpraxis öffneten, um zurück zum Wagen zu gelangen, stürzte der Regen sintflutartig hernieder. Auf der Heimfahrt trommelten dicke Regentropfen wie verrückt auf das Autodach und die Blitze tanzten zwischen den finster geballten Wolken hin und her. So ging der Tag, den man Himmelfahrt nennt, zu Ende.

P atchie suchte überall. Wenn ich die Wohnungstür öffnete, schaute er sofort um die Ecke, hin zur Kellertür. Dann blickte er fragend nach oben.

Wo ist sie denn?

Als ich einige Tage danach mit dem Fahrrad spät abends vom Sport nach Hause kam, empfing mich Patches auf dem Hof. Er folgte mir in den dunklen Fahrrad-Unterstand. Ich beugte mich wie üblich nach unten und streichelte ihn. Lautes Wehklagen war die Antwort. Er setzte seine Vorderpfoten auf meinem Oberschenkel und sah mich an. Sein Schreien war herzzerreißend.

Was habt ihr mit Shari gemacht?

Richtig verstanden hat er es erst einige Nächte später. Wir saßen wieder im Wohnzimmer. Ich im Sessel, Patches auf dem Boden vor mir. Der Kater schaute mir in die Augen. Dann wendete er den Blick zur leicht geöffneten Wohnzimmertür. An der Innenseite baumelte der Ball, der Ball von ihrem Spiel *Ich hab dich – Flutsch wieder weg.*

Patchie betrachtete die Tür mit hypnotischem Blick, dann schaut er mich wieder an, dann schwenkte der Blick erneut zur Tür und dann wieder zu mir zurück. Auch ich schaute nochmal zu dem kleinen Türspalt, der für sie immer ausgereicht hatte, um nachts mal nach dem Rechten zu sehen. Mein Blick kehrte zu Patches zurück, der mir nun tief und fragend in die Augen schaute.

„Sie kommt nicht mehr, Patchie", sagte ich.

Der Kater, der bislang die Sitzhaltung innehatte, legte sich daraufhin platt auf den Boden und schaute wieder zur Tür. Seinen Kopf postierte er auf den Pfoten, wie man es sonst nur von Hunden kennt. Dann stieß er einen tieftraurigen Seufzer aus.

Nun hatte auch er verstanden.

Shari wurde nur zehn Monate alt. Als sie bei uns ankam war sie in einem jämmerlichen Zustand. Der Tod der Mutter kurz nach ihrer Geburt, war schon ein Hinweis auf eine entsprechende Infektion. Wenn Shari das Virus nicht schon bei ihrer Geburt im Körper trug, so hatte sie es vermutlich mit der Muttermilch aufgesogen. Ihre ganzen anderen Erkrankungen, die Läuse, Flöhe und Milben waren eigentlich nur ein Ausdruck für das verwahrlostes Zuhause, aus dem sie kam.

Sharis Tod machte sowohl Patches als auch uns schwer zu schaffen. Auch nachdem Patches ‚verstanden' hatte, blickte er noch oft um irgendwelche Ecken und hoffte auf ein Wunder. Mir ging es da nicht viel anders. Wider besseres Wissen schaute ich so manchesmal auf den Hof und erwartete insgeheim ein kleines braunes Fellbündel da längs spazieren zu sehen. Es wurde bei uns allen nur langsam besser, aber es wurde besser.

Nach einigen Monaten der Trauer hielten wir die Zeit für gekommen, Patches (und uns) wieder ein neues Kätzchen zu besorgen. Wieder sollte es eine Norwegische Waldkatze sein. Es dauerte etwas, aber schließlich fanden wir eine. Sie war nicht braun (wie ich es am liebsten gehabt hätte), sondern schneeweiß. Daher nannten wir sie auch Perlchen oder Pearly.

Als sie zu uns kam, war sie erst wenige Wochen alt. Patchie zog zwar wieder seine Fauchnummer ab, stellte dies jedoch bereits nach ein paar Stunden ein. Offenbar hatte er sehr schnell begriffen, dass Perlchen seine neue Gefährtin sein sollte – und war sichtlich froh darüber. Patches, der mittlerweile ein wenig rundlich geworden ist, lässt sich ihre Schmusereien wohlwollend gefallen und schleckt ihr seinerseits über den Kopf.

Ob er manchmal noch an Shari denkt? Können Katzen sich überhaupt so lange an so etwas erinnern? Wer weiß das schon.

Danksagung

Obwohl es nur ein kleines Büchlein geworden ist, brauchte es doch eine
Menge Hilfe, um es dem Leser letztendlich in dieser Form vorlegen zu können.

Bei der Bearbeitung des Textes haben mir Martin Keller, Andreas Baum,
Heidi und Norbert Braun unschätzbare Dienste geleistet.
Bei der grafischen Gestaltung war ich froh, auf die fachkundige Unterstützung
von Anne und Didi Kup sowie von Edi Weins zurückgreifen zu können.
Die Repros fertigte mein Schwager Joachim Blust an.
Naja, und Janne musste immer wieder nachfragen, wann es denn
nun endlich mal fertig wird …